KB144828

어쩌죠, 키위씨?

어쩌죠, 키위씨?

올망 글·그림

걱정 많은 친구들과
'키위씨'가 나누는
든든한 응원과 공감

;

처음 뵙겠습니다

저는 키위새, 키위씨입니다.
잘 부탁드립니다.

우리 이야기를 들려줄게요

저에 대해 조금 더 말해보죠.

저는 커피 마시는 걸 좋아합니다.
이왕이면 따뜻한 것을 더 선호하고요.

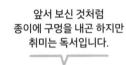

앞서 보신 것처럼
종이에 구멍을 내곤 하지만
취미는 독서입니다.

그리고 저는 듣는 것을 잘합니다.

시력은 좋지 않지만
청력이 매우 발달했거든요.

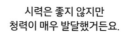

덕분에 다양한 친구를 만나
여러 이야기를 들을 수 있었습니다.

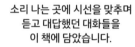

소리 나는 곳에 시선을 맞추며
듣고 대답했던 대화들을
이 책에 담았습니다.

평범한 대화지만 그렇기에
더 공감할 수 있는
이야기가 되길 바랍니다.

prologue

안녕하세요, 통역가 올망입니다.

키위씨가 들려준 이야기를 우리의 언어로 바꿔 전달하는
역할을 맡고 있습니다.

앞으로 나올 이야기는 키위씨와 친구들이 나눈 대화입니다.

특별한 사건에 관한 이야기는 아닙니다. 누구나 살면서
한 번쯤은 스쳤거나 경험했던 평범한 고민들입니다.

살아가는 방식에 정답이 없듯이 이들의 대화에도 옳고
그름은 없습니다. 조금 더 나은 방향을 찾기 위해 함께
마음을 맞댈 뿐입니다.

언어는 듣는 이에 따라 의미가 변하고, 보는 이에 따라 해석이
달라집니다. 키위씨의 말을 듣고 글로 옮기는 과정에서 부디
왜곡 없이 그들의 마음이 있는 그대로 전달되길 바랍니다.

목차

1장   우리 이렇게 해볼까요?

2장 　항상 곁에 있을게요

3장 함께이기에 가능한 날들

1장

우리 이렇게 해볼까요?

어린 꿀벌의 호기심

아까 그런 일이 있었어요.

배우는 과정

또 만나서 반가워요.

사과하려고 왔어요.

저는 날개가 있으면
누구나 날 수 있을 줄 알았어요.
제가 그런 것처럼요.

하지만 모두가 똑같을 수 없다고
어른 꿀벌이 알려줬어요.

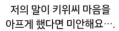

저의 말이 키위씨 마음을
아프게 했다면 미안해요….

괜찮아요, 어린 꿀벌씨.
배려를 배워가는 과정입니다.
제 마음을 생각해줘서,
이렇게 사과해줘서 고마워요.

어른들의 비밀 임무

어른들은 왜 자꾸만
내 일을 방해하냐고요.
혼자서도 할 수 있는데 말이에요!

그렇게 느꼈다면 미안합니다.
이건 비밀인데…
어른에겐 임무가 있거든요.

비밀 임무요?

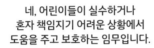

네, 어린이들이 실수하거나
혼자 책임지기 어려운 상황에서
도움을 주고 보호하는 임무입니다.

하지만 저는 임무를 실패한 것 같네요.

헉, 그럼 어떡해요?

괜찮다면 제게, 그리고 다른 어른들에게
임무를 계속 수행할 수 있도록
한 번 더 기회를 줄 수 있을까요?

그렇게 부탁하신다면 어쩔 수 없죠.
대신 앞으로
제가 먼저 요청하면 도와주세요.

명심하겠습니다.

어른들 진짜 답답해.
내가 할 수 있는 일에도
엄청 간섭하고 말이야.

다 이유가 있어서 그래~

무슨 이유? 나도 알려줘.

애들은 몰라도 돼.

내가 좋아하는, 네가 좋아하는

으악! 왜 이런 걸 마셔요!

저는 이런 걸 좋아하거든요.

키위씨 이상해요!

음… 저는 꿀벌씨가
좋아하는 메이플 시럽은
너무 달아서 싫어해요.

말도 안 돼! 그걸 어떻게
싫어할 수 있어요!

그럴 수 있죠. 제가 좋아해도
꿀벌씨에겐 별로일 수 있고,
꿀벌씨가 좋아해도 저에겐 별로일 수 있어요.

그렇다고 상대에게 좋아하길 강요하거나
상대가 좋아하는 걸 나쁘게 말하면
지금처럼 기분이 상할 수 있고요.

꿀벌씨가 상대가
좋아하는 걸 존중해준다면…

제 메이플 시럽도
존중받을 수 있는 거죠?

바로 그거예요.

근데요, 키위씨.
저 이제 커피도
좋아할 수 있을 것 같아요.

제가 좋아하는 키위씨가
좋아하는 거니까요.

더 중요한 것

죄송해요….

일부러 그런 게 아니란 걸 알아요.
물건은 새로 사면 되죠.
중요한 건 다치지 않았단 거예요.

다음부턴 더 조심합시다.
정말 다칠 수도 있으니까요.

시작하는 요령

제가 겁쟁이라서요.
혹시 실수해서 떨어질까 봐 무서워요.

이 정도 높이에선 어때요?

이 정돈 괜찮은 것 같아요!

그럼 실수해도 괜찮은,
그다지 두렵지 않은
높이부터 시작해봅시다.

루펠씨의 꿈을 포기하기엔
이렇게 멋진 날개를 가졌잖아요.

단번엔 어렵겠지만 조금씩 오르다 보면
결국 가장 높은 곳에 당신의 날개가
닿을 수 있을 거예요.

작은 이해 작은 배려

이렇게 매달려도요?

꿀벌씨 들 정도의 힘은
충분히 있습니다.

꽃가루를 여기저기
묻히고 다니는데도요?

다 놀고 닦으면 되지요.

어른들이 전부
키위씨 같으면 좋을 텐데….

제가 더 노력해볼게요.

꿈의 순서

병아리씨가 하고 싶은 일은
무엇인가요?

아직 잘 모르겠어요.

그럼 앞서 말한 능력들이
필요할지도 모르는 거고요.

네… 그렇죠?

우선 꿈을 꾸세요.
할 수 있는 꿈이 아닌
하고 싶은 꿈을요.

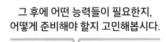

그 후에 어떤 능력들이 필요한지,
어떻게 준비해야 할지 고민해봅시다.

당신의 꿈은 어느 쪽인가요.

해야 하는 꿈인가요, 아니면 하고 싶은 꿈인가요.

물론 정답이 있는 질문은 아닙니다.

당신의 꿈이 어느 쪽이든 그 꿈을 이루기

위해 노력하고 있거나 노력했을 거예요.

그런 당신은 이미 충분히 멋진 존재입니다.

이제 하고 싶은 게 너무 많아져서
진짜 하고 싶은 게 뭔지 모르겠어.

진짜 가짜 나눌 필요 없이
네가 하고 싶으면 하는 거지.

넘어진 김에 쉬기

그리고 방금 다 쉬었어요.

가던 길 마저 갈게요.

어떤 어른

키위씨는 어른이잖아요.
언제 어떻게 어른이 됐는지 알려주세요.

딱히 무얼 하지 않아도
누구나 어느 순간 어른이 된답니다.

그건 전혀 멋지거나
특별하지 않은데요!

키위씨는 어떤 어른이
되고 싶었는데요?

물어오는 꽃의 이름을
답할 수 있는 어른이요.

그런 어른이 된 것 같나요?

계속 노력하는 중이에요.
아직도 모르는 꽃이 많거든요.

행복해지면 좋겠어

키위씨, 제 소원은요.
모두가 행복해지는 거예요.

멋진 소원이네요.

실은 어제 행복한 일이 생겨서
친구한테 자랑했거든요?

모두가 행복해져서
행복한 일을 마구 자랑하고
서로 축하해줄 수 있으면 좋겠다고요!

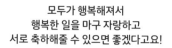

그래서 친구들한테 행복을
하나씩 선물하는 중이에요.

모두의 행복을 위해
행동하다니 대단하네요.

가만히 있으면 소원을
이룰 수 없으니까요.

멋쟁이답게

키위씨, 제가 왜 멋쟁이인지
궁금하지 않으세요?

왜 멋쟁이인가요?

저는 스스로를
멋쟁이라 생각하거든요!

멋쟁이다운 생각이군요.

마음의 속도

무엇보다 치타씨가 찾던 건
잘하는 일이 아니라 좋아하는 일이잖아요.

마음의 속도가 앞서면 잘하기도 전에
좋아하는 마음이 달아나버립니다.

어떤 아이

키위씨는 제가 어떤 아이로
자랐으면 좋겠어요? 역시 착한 아이?

꿀벌씨가 생각하는
착한 아이는 어떤 아이인가요?

음… 어른 말을 잘 듣는 아이?

하지만 어른이
늘 옳은 건 아니에요.

키위씨도요?

물론 저도 틀릴 수 있죠.

전 꿀벌씨가 바른 아이로
자랐으면 좋겠어요.

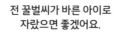

바른 아이요?

올바른 것이 무엇인지
스스로 생각하고
실천할 수 있는 그런 아이요.

그건 착한 것보다
어려운 것 같아요.

올바른 일을 하기는 참 쉽지 않죠.
그래도 꿀벌씨는 할 수 있을 거예요.

맞아요, 전 할 수 있어요!

모두 아이였잖아요

키위씨,
어른들은 모두 아이였잖아요.

그런데 왜 그렇게
우리 마음을 몰라주는 걸까요?

변명하자면, 일생 중
아이였던 시절이 너무 짧거든요.

어른으로 사는 날이 길어질수록
아이로 살았던 날들이 흐릿해져요.

그러다 어느 순간 자신이
아이였다는 사실마저 잊게 되죠.

그럼 저는 아이였던 기억을 절대
잊지 않으려고 노력할 거예요.

키위씨가 말한 것처럼 아이로서 지낼 수 있는 시간은 너무나
짧습니다.
그 짧은 시간 속에서 강렬하게 남을 기억은 몇 개나 될까요.
그럼에도 분명한 사실은 우리 모두 아이였다는 것입니다.
누구나 이해받지 못할 행동을 하던 시절이 있었으며 그런
스스로를 이해 못하는 어른들을 이해할 수 없던 시절도
있었을 겁니다. 누구나 빠짐없이 그런 시절을 거쳐서 어른이
됩니다.
솔직하게 고백하자면 저는 아이들과 잘 어울리는 편은
아닙니다. 어른이 되기 전에도 그랬고 초보 어른이 된
지금도 아이들과 함께하는 일은 늘 망설여집니다. 아이들과
있을 때면 '도대체 왜 저러는 거야?'라는 생각을 많이 하게
되거든요.

그러나 무수한 의문들은 곧 '아이니까'라는 답을 통해
마무리됩니다. 아이들의 말과 행동엔 분명히 그럴 만한
이유가 있겠지만, 어른의 마음에 익숙해진 우리가 그 이유를
온전히 이해하기란 어려울 수 있습니다.
그럴 땐 '아이니까' 하고 마음에 여유를 가져보면 어떨까요?
그들에겐 모든 것이 도전일 테니까요.

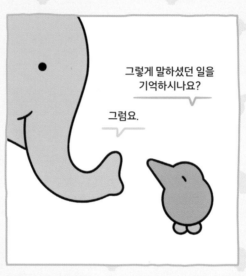

어른이 되어도

내일이면 저도 어른이래요.
하루 만에 어른이 된다니
기분이 이상해요.

호랑씨는 늘
어른이 되고 싶어 해서
기뻐할 줄 알았어요.

어른이 되면 그동안의 경험으로
혼자 해결할 수 있는 일이
늘어나는 건 맞아요.

하지만 도움이 필요한 순간은
계속 존재합니다. 그럴 땐 언제든
도움을 요청해도 괜찮아요.

정말요?

그럼요. 호랑씨 말처럼
하루 만에 어른이 되었는데 모든 걸
잘할 순 없으니까요.

우리가 함께 살아가는
이유기도 하고요.

아이들의 세상

당신이 만나게 될 세상이
다정함으로 가득하면 좋겠습니다.

가는 곳마다 존재 자체로
응원받으면 좋겠습니다.

실수하며 배우고
작은 성공에도
칭찬받으면 좋겠습니다.

재능을 키우며
원하는 꿈을 이루도록
지지받으면 좋겠습니다.

저런 어른은 되지 말아야지보다
이런 어른이 되고 싶다는 생각을
더 많이 할 수 있는 환경이면 좋겠습니다.

앞으로 다가올
아이들의 세상이
그랬으면 좋겠습니다.

아이들은 자라서 어른이 됩니다.

어디서나 환영받았던 아이는

누구에게나 밝은 인사를 건네는 어른이 되고,

실수를 통해 배움을 얻었던 아이는

새로운 도전을 망설이지 않는 어른이 되고,

작은 성공에도 칭찬받던 아이는

자신 있게 목표를 성취하는 어른이 됩니다.

아이의 재능과 꿈을 지지한다면

결국 꿈을 실현하는 어른이 될 거예요.

우리가 이런 어른이 된 것처럼요.

2장

항상 곁에 있을게요

몰랐던 습관

모임에서 나를 제외한
그 누구도 의견을 말하지 않아요.

분명 할 말이 있는 표정들인데
왜 입을 열지 않을까요?

오, 이런! 저도 모르게 그만…!

맘바씨, 그럴 의도는 아니었겠지만
이렇게 죄여오는 상황에선
의견 말하기가 어려울 거예요.

주의할게요. 말해줘서 고마워요.

사과를 배우는 이유

청서씨, 누구나 서로 폐를 끼치며 살아갑니다.
우리가 사과하는 법을 배우는 이유죠.

하지만 사과해도
용서받지 못한다면요?

물론 용서는 상대의 몫이지만
해보지 않고선 모르는 일입니다.

설령 용서받지 못하더라도
잘못한 일은 사과할 필요가 있고요.

조심했음에도 생긴 피해는
대부분 사과와 용서로 마무리되니
사과하는 걸 망설이지 마세요.

저번에 꼬리를 밟았는데
바로 지나가셔서 사과를 못했어요.
늦었지만 정말 죄송합니다.

고의가 아니었잖아요.
그냥 지나가는 이들도 많은데
이렇게 사과해주니 기쁘네요!

미숙한 시절

키위씨, 저 너무 부끄러워요.

무슨 일 있었나요?

저의 올챙이 적
미숙한 행동들 때문에요.

돌이켜보니 부끄러워서
그 시절만 오려내고 싶어요.

개구리씨,
지금까지 올챙이 시절이 없는
개구리를 만난 적 있나요?

음… 아니요?

그래요. 우리 모두
미숙한 시절을 거쳤기 때문에
보다 더 나은 존재로 성장할 수 있었습니다.

미숙함은 부끄러운 것이 아니에요.

영리한 또는 영악한

늘 영리하게 행동하려 노력했고
그에 따른 인정과 칭찬을 받았는데…
오늘은 영악하다는 말을 들었어요.

지금껏 제가 영리하다고 생각했던
행동들은 사실 이기적이었던 거고,
그동안 상대가 참아왔던 거면 어떡하죠?

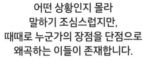

어떤 상황인지 몰라
말하기 조심스럽지만,
때때로 누군가의 장점을 단점으로
왜곡하는 이들이 존재합니다.

정당한 비판은 받아들이되
왜곡된 평가는 그대로
받아들이지 마세요.

그 말이 정당한 비판이라면요?
진짜 제 모습일 수도 있잖아요.

적어도 제가 봐온 당신은
가장 영리한 분이니
스스로 판단할 수 있을 거예요.

백번의 칭찬보다 한 번의 비판이 더 크게 느껴질 때가
있습니다. 어쩌면 비판이 아닌 터무니없는 비난일 수도
있는데, 스스로를 재단하며 상처 입히기도 하지요. 비난과
비판은 명백히 다르지만 혼자 판단하기 어려울 수 있습니다.
그럴 땐 당신에게 칭찬을 건넨 이들을 믿어보세요. 칭찬에는
조금이라도 진심이 담기기 마련입니다. 쉽게 내뱉은 텅 빈 말
한마디보다 당신에게 진심을 담아 전하는 마음들에 조금 더
집중해보세요.

말 삼키기

키위씨, 저는 말하지 않으면
아무것도 해결할 수 없다고 생각해요.

그래서 하고 싶은 말이 생기면
담아두지 않고 뱉어왔는데

그렇게 뱉은 말들이 종종
상황을 나쁘게 만들더라고요.

불필요한 말은 삼키고
상황에 도움을 주는
필요한 말들만 걸러내는 겁니다.

제가 삼키는 건 잘하거든요.
말 삼키는 것도 연습해야겠네요.

맘바씨라면 분명
잘해낼 수 있을 거예요.

더 나은 것을 원하는

흔히 오해하지만
질투는 부끄럽거나
나쁜 감정이 아닙니다.

보다 나은 걸
원하는 마음이
이상한 건 아니잖아요.

나보다 뛰어난 누군가를
인정하지 못하면 미워하게 되지만

솔직하게 받아들이면
성장의 밑거름이 되기도 합니다.

질투라는 감정은 정말 변덕스럽습니다.

'나도 저렇게 되고 싶어.' 동경이 되었다가,

'나는 왜 저렇지 못하지.' 좌절이 되며,

'나도 저 정도는 하는데.' 시기가 되기도 하고,

'나는 저것보다 더 잘해낼 거야.' 의지로 변하기도 합니다.

그래서 저는 질투가 스멀스멀 피어오르면 솔직하게

말합니다. 멋지면 멋지다, 잘하면 잘한다, 부러우면 부럽다.

질투를 마음속에 담아놓으면 여러 가지 감정으로 변하지만

입 밖으로 꺼내면 그저 담백한 칭찬으로 끝날 수 있거든요.

별게 별건가요

키위씨, 저는 왜 항상
별것도 아닌 일에 상처받을까요?

별게 아니라고 생각한 이유가 있나요?

남들은 아무렇지 않게 넘어가던걸요.

하지만 들쥐씨가 상처받았잖아요.
모두가 괜찮다고 할지라도
당신에겐 별것이 맞습니다.

자신의 상처를
남들의 눈으로 살피지 말아요.

그리고 정말 별게 아니라도 뭐 어때요.
모두가 저마다의 별것도 아닌 일에
웃거나 우는걸요.

들쥐씨가 이상한 게 아니에요.

사랑의 대가

사랑의 대가로
사랑만을 원하는 건
충분히 대가 없는
사랑이지 않을까요?

그치만 사랑을 제외하면
무얼 더 원해야 하나요?

그건….

행운엔 발이 달려서

키위씨, 가만히 있어도 행운이
굴러 들어오기도 한다는데,
제 행운은 발이라도 달렸는지
좀처럼 잡히질 않아요.

맞아요.
행운엔 발이 달려 있어서
어떤 이들에겐
먼저 다가가기도 합니다.

하지만 아무리 가까이 다가온들
가만히 기다리기만 하는 이는
어떤 행운도 잡을 수 없어요.

직접 손을 뻗어 움켜잡아야만
자신의 것으로 만들 수 있습니다.

다정한 노력

저도 키위씨처럼 다정하게 말하고 싶은데
뭔가 간지럽고 어색해요.

다정한 것도 타고나는 건가 봐요.

저도 다정하기 위해
늘 노력하고 있습니다.

그럼 피곤하지 않나요?

그렇지 않다고 할 순 없겠네요.

다정이란 상대에게
제가 가진 시간과 마음을
내주는 일이니까요.

만약 그렇게까지 하는 이유를 묻는다면
그럴 가치가 있다고 믿기 때문이에요.

불안으로 가득 찬 당신에게

아주 작고 사소한 것,
볼품없다고 생각하는 것도 전부요.

지금 당신을 채우고 있는
그 모든 것을 헤아리다 보면
불안은 발 디딜 틈도 없을 거예요.

저는 작은 수첩을 가지고 다니며

불안할 때마다 이유를 기록합니다.

그러면 실체 없던 불안을 활자로 마주하게 됩니다.

꼬리에 꼬리를 물던 불안들은 마침표로 끊어지고,

엉키고 복잡했던 불안들은 단어와 문장으로 정리됩니다.

끝에 물음표를 붙이면 불안은 질문이 됩니다.

그 질문에 솔직한 답을 적어보세요.

섞이되 지우지 않기

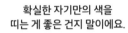

확실한 자기만의 색을
띠는 게 좋은 건지 말이에요.

키위씨는 어떻게 생각하세요?

비슷한 색으로 섞이되
자신만의 색을 지우지 않는 것.

그게 좋지 않을까요?

저도 그게 좋은 것 같아요…!

내가 기대하는 모습

오해를 굳이 해명할 필요는 없지만
받아들일 필요는 더더욱 없습니다.

남들이 만든 틀을 벗어나기 어렵겠지만
스스로를 그 틀에 가두지 마세요.

그리고 무엇보다

하이에나씨가 기대하는 본인의 모습은
어떤지 생각해보세요.

땅굴을 파다 보면

땅굴을 파고 들어가다 보면
정말 끝의 끝이라고
생각되는 곳에 도달하거든.

그제야 멈추고
위를 올려다보면
빛도 안 보일 만큼 아래야.

그래도 출구를 찾기 어렵다면
여기에서 계속 이름을 불러줄게요.

…고마워.

각자의 속도

그 친구들과 거북씨의 목표가 똑같나요?

그건 아니지만요.

모두 다른 목표로 향하기 때문에
저마다에게 맞는
속도가 있다고 생각합니다.

단거리와 장거리 달리기 선수의
속도가 다른 것처럼요.

느리더라도 꾸준한 그 한 걸음이
결국 목표에 도달하게 해줄 거예요.

어쩌면 이제 한 걸음만
더 내디디면 될 정도로
목표 근처에 와 있을지도 모르죠.

고장 나는 마음

그 새 옆에만 서면 괜히 긴장해서
아무것도 못해요.
한 번도 이런 적 없었는데…!

잘 모르는 상대를 배려하려는 마음은
말과 행동을 조심하게 만들죠.

쓸모 있는 걱정

주위에서 제게 말하길
쓸모없는 걱정이 너무 많대요.

처음엔 모자랄까 봐,
나중엔 썩을까 봐 걱정돼서

다람쥐씨의 걱정은
미래를 계획하고
준비하게 만들었어요.

절대 쓸모없지 않습니다.

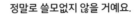

정말로 쓸모없지 않을 거예요.

상상과 현실

상상에서나 가능하지,
현실에선 똑같이
대처할 수 있을지 모르잖아.

맞아요, 상상과 현실은 달라요.
최악의 상황도 마찬가지죠.
일어날지 안 일어날지 예측할 수 없습니다.

달려오다 흘린

너무 열심히 달린 나머지
중간에 흘려버린 걸까요?

그럴지도 모르겠네요.

분명한 건 목적을
잠시 잃었을지라도
노력의 의미를
잃은 건 아니라는 겁니다.

삶의 목적을 찾는 이들에게.

많은 이들이 삶엔 목적이 없다 말하지만 살아가는 것 자체가
우리의 첫 번째 목적입니다. 밥을 먹고, 약간의 운동을 하고,
잠을 자는, 살아가기 위해 당연하지만 쉽지 않은 일들을
매일같이 실천하고 있습니다.

그러니 이 글을 읽고 있는 당신이 아직 두 번째 목적을 찾지
못했다면, 그 이유는 매일 치열하게 살아가고 있기 때문일
겁니다.

이해할 수 없어

몇몇은 나를 그들만의 기준대로
분류하고 정의해버려.

조금이라도 그 틀에서 벗어나면
본인이 알던 내가 아니라고
멋대로 실망하고 말지.

정말이지 이해할 수 없어.

많은 이들이 누군가를 이해하려면
많은 시간과 노력이 필요하다는
사실을 자주 잊는 것 같아요.

또는 그 정도의 수고를 들이는 게
귀찮을 수도 있지.

어렵지만 소중한 일

이해할 수 없는 행동들은
상대를 쉽게 미워하게 만들어. 그래서
우린 계속 친구로 지내긴 어려울 거야.

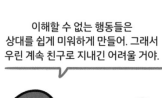

하지만 서로를 알게 된 지
그리 오래되지 않았잖아요.
차이점을 다 알기 위해선
그만큼의 시간이 필요하죠.

함께하는 시간이 길어질수록
이해할 수 없던 것들을
이해하게 되는 순간이 올 거예요.

그 순간들이 모여서 친구가 되는 거고요.

친구가 되는 건 어려운 일입니다.
그래서 더 소중한 관계라고 생각해요.

저에겐 성인이 된 직후에 만난 특별한 두 사람이 있습니다.
서로를 몰랐던 20년의 시간을 가진 친구들입니다. 우리는
서로가 비슷해서 친해졌다고 말하지만 이해하기 어려운
다른 순간들도 분명 있었습니다. 처음엔 더 많았을 테고,
몇 년을 알고 지낸 지금도 전혀 없진 않습니다. 그러나 우리가
여전히 친구인 까닭은 서로의 다른 점을 이해하려 노력하기
때문입니다. 때로는 다른 점이 즐겁게 느껴질 만큼 말이죠.
키위씨가 말했듯 친구가 되는 건 어려운 일입니다. 그 관계를
유지하는 건 더 어려운 일이죠. 먼 미래에도 우리가 계속 이
소중함을 지켜내고 있기를, 시간을 다 메우고도 남을 만큼
오래 함께하기를 바라봅니다.

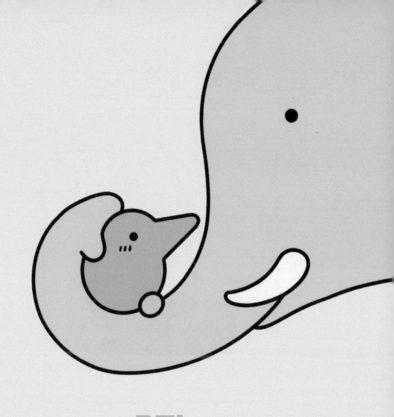

3장

함께이기에 가능한 날들

모두와 원만히 지내는 법

모두가 절 좋아할 순 없으니까요.
저 역시 모두를 좋아할 필요는 없고요.

그럼에도 원만히 지내길 바란다면

모두에게 다정하게 대하되
다정함이 되돌아오는 관계에 집중하고
상처로 돌아오는 관계는 멀리하세요.

그것이 내가 좋아하고
나를 좋아하는 이들과
원만히 지내는 비결입니다.

불과 같아선 안 되는 것

사랑에 관한 조언이
가장 어려운 것 같아요.

그건 나도 마찬가지야.
적어도 불같은 사랑은
안 된다고 말하는 정도지.

하지만 대부분 사랑을
그렇게 표현하지 않나요?

맞아. 문제라고 생각해.

사랑은 불과 비슷하지만
결코 불과 같아선 안 되는 거야.

불이 그러하듯 가까워지면
상대에게 화를 입히고 말지.

서로의 화상을 보면서
사랑의 증거라고 믿으면 안 돼.
상처는 상처일 뿐이니까.

상대를 아프게 하는 건
절대 사랑이 될 수 없어.

늘 그랬듯이

물론 가끔은 못할 때도 있겠죠.
그러나 키위씨
잘못은 아닙니다.

우리는 완벽한
존재가 아니니까요.

무의미한 말

인간이 털 없는 몸을 가리기 위해
옷을 입는다는 건 알고 계시죠?

몇 달간 그들을 관찰한 결과,
검은색 옷을 선호한다는 걸 알게 됐어요.

그래서 저만 보면 재수 없다고 욕했나 봐요.
이 타고난 검은 털이 부러워서 말이죠.

괜찮으세요?

괜찮아요. 익숙해졌으니까.

나비씨가 괜찮다면 괜찮은 거겠지만
그런 말에 익숙해지지 않으면 좋겠어요.

걱정 말아요.
그런 말들이 얼마나 무의미한지
알 만큼 익숙해진 거니까요.

그 대신 대가 없는 사랑을
주는 이들에게 집중하기로 했어요.
여전히 익숙하지 않고
이해하기 어려운 일이거든요.

고민을 해결하는 건

그동안 많은 이들의
고민을 들어왔어요.

좋은 친구네요.

하지만 그저 듣고
제 생각을 말했을 뿐이에요.
큰 도움은 되지 못했을 거예요.

키위씨, 고민이 있는 이를 돕는
첫 번째 방법은
진지하게 들어주는 것입니다.

고민은 말하는 것만으로도
무게가 줄어드니까요.

물론 해결 방안을 찾아주는 것도
큰 도움이 되겠죠.

하지만 해결 방법을 선택하고
고민을 해결하는 건
고민의 주인이 직접 해야 합니다.

다른 이의 고민을 키위씨가
대신 해결해줄 순 없어요.

당신의 역할은
들어주는 것만으로
이미 충분합니다.

쓰러지지 말고 멈추기

곧 동면하신다고 들었어요.

그래, 휴식이 필요한 시기거든.

긴 휴식이 두렵진 않으신가요?
멈추길 두려워하는 이들을 많이 봤거든요.

멈추는 건 내 의지지만
쓰러지는 건 의지와 상관없거든.

한숨 푹 자고 일어나서
다시 이어가면 되는 거야.
휴식은 포기가 아니니까.

숨기지 말고 표현하세요

한때는 감정을 쉽게 드러내지 않는
어른이 멋있어 보였습니다.
저도 그런 어른이 되길 바랐고요.

슬프거나 괴로운 부정적인 감정부터
기쁘고 행복한 긍정적인 감정까지

모든 감정을 억누르고
숨기는 걸 연습했어요.

덕분에 주변 이들에게
무던하다는 평을 들으며
별 탈 없이 지냈지만

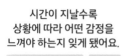

배려 아닌 배려

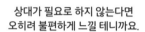

상대가 필요로 하지 않는다면
오히려 불편하게 느낄 테니까요.

자신의 마음을 내세우기보다
상대의 마음을 존중하는 것에서
배려는 시작됩니다.

상대에게 직접 물어보면 됩니다.

고마움을 갚는 법

친구니까 당연히 도왔고,
도울 수 있어 기뻤지.
보답은 바라지 않았어.

그런데 결국 본인이 할 수 있는
일들로 작게 나눠서 돌려주더라고.

내가 준 것보다 받은 게 더 많아질 때쯤
그때 정말 고마웠다고 덧붙이면서 말이야.

미안한 마음보다 고마운 마음을 기억해.
그 마음을 잊지 않는다면
언젠가 돌려줄 수 있을 거야.

한때는 대가 없이 무언가 받는 일이 익숙하지 않았습니다.
받았다면 기억해뒀다가 꼭 돌려줘야 마음이 편했고,
만약 돌려주기 어려울 정도의 가치를 지녔다면 거절하거나
피하기도 했습니다. 그러던 어느 날 제가 주는 입장이 되었을
때 문득 깨달았습니다. 고맙다는 말 한마디로도 충분한
보답이 된다는 사실을요.

호의와 씨앗

금방 싹이 돋아나고 꽃을 피워
씨앗을 수확하는 땅이 있는 반면,

새싹조차 틔우지 못하는 땅도 존재하지요.
그럴 땐 안타깝지만 땅을 포기해야 합니다.

우리가 가진 씨앗은 한정적이기 때문에
좋은 땅에 뿌릴 씨앗도 부족하거든요.

무조건적인 호의를 베풀면 결국
아무것도 남지 않습니다.
자신을 잃어가며
호의를 베풀 필요는 없어요.

그냥 고마워요

그냥 함께 있어줘서 고마워요.
덕분에 오늘 하루는 혼자가 아니었네요.

다음엔 차라도
같이 마셔요.

그럼 더 좋지요.

오래 기억하는 법

깎이거나 다듬거나

키위씨도, 저도, 다른 이들도
계속해서 변화를 겪게 되겠죠.

우린 바위보다 빠르게 변할 거예요.
스쳐 지나가는 것에도
쉽게 영향받는 존재니까요.

그러나 바위와는 다르게
타의에 의해 깎여나갈지,
자의로 다듬어갈지
직접 선택할 수 있어요.

선택의 순간들이 쉽진 않겠지만,
우리에겐 삶을 좋은 방향으로
바꿀 힘이 있으니까요.

결국 피워낼

같은 날에 심은 씨앗인데
이 꽃만 안 폈어요.

같은 날 심었다 해도
똑같이 성장하고
똑같은 결과를 볼 순 없지요.

조급해하다간 꽃망울을 맺기도 전에
시들어버릴 거예요.

주변과 비교하지 않고 충분히 준비해서
자신이 생각하는 적기에 피워낼 겁니다.

자세히 보세요.
이미 망울을 맺었죠?

남들보다 늦을지라도
결국 피워낼 거예요.

또한 늦게 핀다고 해서

남들보다 모자라거나
특별하지 않을 이유도 없죠.

유지 보수

하지만 아무리
견고하게 쌓아 올린들
지속적인 관리가 없으면
조금씩 무너져.

그게 댐이든 실력이든 말이야.

초등학생 시절에 피아노 학원을 다닌 적이 있습니다.
특출나게 잘 치는 것은 아니었지만 어려운 악보도 제법 따라
쳤습니다. 지금은 피아노 앞에 앉은 지 오래되어 덮개 위에
먼지가 살포시 앉아 있지만, 그래도 〈고양이 왈츠〉 앞부분
정도는 연주할 줄 압니다. 여전히 악보를 읽을 수 있으며
올림과 내림에 어떤 건반을 눌러야 하는지 알고 있습니다.
마음만 먹으면 느리고 서툴지언정 완주할 수 있을 겁니다.
당신이 손을 놓은 지 오래라 자신 없는, 그러나 하고 싶은
일이 있다면 기꺼이 다시 시작해보세요. 기반이 마련되어
있다면 쌓아 올리는 과정은 처음보다도 빠를 것입니다.

세상을 보는 시선

모두 다른 시선으로
세상을 바라보기 때문에
각자의 자리에서만
보이는 것들이 존재하니까요.

분명 알던 곳인데
전혀 다른 새로운 곳을
발견한 기분이 들 때도 있지요.

그럴 때면 전 이 세상이
얼마나 지루할 틈 없는 곳인지
감탄하곤 합니다.

다시 필 때까지

다만 늘 피어 있을 수 없음을
식물들은 알고 있어요.

꽃을 피울 때도 그랬듯
유지하는 것에도 대단히
많은 힘과 노력이 필요하거든요.

끝난 결과를 붙잡지 않고
잠시 휴식하면서
다음을 준비하고 있을 겁니다.

어쩌면 이번보다
더 크고 풍성한 결과를
만들어낼지도 모르죠.

어쩌죠, 키위씨?

1판 1쇄 찍음 2023년 1월 10일
1판 1쇄 펴냄 2023년 1월 17일

글·그림 올망

편집 정예슬 김지향
교정교열 안강휘
디자인 this-cover
미술 김낙훈 한나은 이민지 이미화
마케팅 정대용 허진호 김채훈 홍수현 이지원 이지혜 이호정
홍보 이시윤 윤영우
저작권 남유선 김다정 송지영
제작 임지헌 김한수 임수아
관리 박경희 김도희 김지현

펴낸이 박상준
펴낸곳 세미콜론
출판등록 1997. 3. 24. (제16-1444호)
06027 서울특별시 강남구 도산대로1길 62

대표전화 515-2000 **팩시밀리** 515-2007
편집부 517-4263 **팩시밀리** 515-2329

ISBN 979-11-92107-99-8 03810

세미콜론은 민음사 출판그룹의
만화·예술·라이프스타일 브랜드입니다.
www.semicolon.co.kr

트위터 semicolon_books
인스타그램 semicolon.books
페이스북 SemicolonBooks
유튜브 세미콜론TV